看見你的眼裡有蜂蜜

◉卓純華／著

聯合文叢
622

本書榮獲周夢蝶詩獎協會第一屆周夢蝶詩獎

目錄

【推薦序】另一個國度的詩集　羅智成　13
【推薦語】　羅任玲　李進文　18

春——

她的聲音
及一切半開的花朵
信：給二月　22

為你 24
禁忌 26
櫻樹 28
解謎 32
乃馨 34
約會 38
睡前 42
吾月 46
人神 48
種子 52
缺陷 56
雲 58
粉與藍 62
母親 66

夏——

蚌的羅列
我和我的護衛隊
囂靜 70
七月 74
海島遊 76
藥與安眠之歌 78
抵抗 82
洞 84
變形 88
夏夢 92
貓奴 94
腳踏車的盡頭 98
看海 100

看病 102
相屬 106
錯愛 108
女教師 110

秋——昨日殼蛻
曇花與紅夕陽

照相 116
舅媽 120
我舅 124
考生 128
意念 130
瘖 132

藏身 136
向我 140
雀冷 142
刮痧 144
長大 146
謊言 148
虛無 150

冬——遠處銀鉤拖住我的夢境

如果 156
噤聲十行 158

銀色高跟鞋 160
死貓 162
不可逆 166
渡 168
散步 172
師生 174
師大 178
斷念 182
山洞 186
劍簇 190
入冬 194
諾 198
跋——情采與屍身 202

【推薦序】

另一個國度的詩集

羅智成

純華的詩有一種迷人的孤獨。

這種孤獨喚醒了我年輕時讀詩的心情：很容易被觸動，又不捨得走出來；有些詩行你捧讀再三，仍覺得需要更長時間來細看、回味，或被相應的情緒收藏。

這種孤獨，主要來自她的書寫方式：率性、私密的語法、節制、片面的表達、出人意表的聯想和一些小小的、不起眼卻頑強的感傷。這讓她的作品顯得非常貼近自己；相對的也就比較遠離他人。

這種孤獨，也來自十分個人的主題，貫穿一年四季的「曠廢時日」，基本情境或生活內容，其實就是某種康復的過程，從一場傷及靈魂的情感重症中，一步一步，以溫柔、貼心的文字，把自己重新拼湊起來的過程。而詩既是療癒的藥方，也是記錄與表現的工具。

這種孤獨，更來自她特有的視角：瀰漫在字裡行間的，有意和無意的疏離。也許是大病初癒的「虛弱」，她的作品似乎受制於一種向內的舒緩節奏，自顧不暇或自我陷溺；這讓她跟不上，也不想跟上正在外頭進行的世界、進行的話題，一逕特寫著某些微型的情緒、一逕藉由童話般的語調安撫著這些情緒，一逕依偎於自家文字的庇護裡。

因此，雖然這是我最近最驚豔的作品，但要推薦《看見你的眼裡有蜂蜜》，和推薦其它作品卻有很大的不同：她的風格帶著較多素人的誠實，缺乏剪裁、流於散文化、和詩創作主流的對話或交集不多，找不到太多讓論者安心的、熟悉的表達與線索。像一座孤立的島嶼，自得其樂（與悲）於偏僻的海洋。

也是這種孤獨之感，讓她的作品十分與眾不同；我一方面共鳴於某種稀有美感意識的親近，一方面又好像在閱讀一本另一個國度的詩集；在彼，每個不同的心情就是一個不同的文明，甚至看待貓的方式也是：

誰是誰的母親
誰是誰的衛星
牠是我的棉花小鑰匙
打開了密室
軟軟地攤在
已不見痂的傷口上

（節錄自〈解謎〉）

只是，貓也會怕
牠們常迷失在呼喚裡
要過好一陣子，好久好久
才會全身癱軟，背對你
來接收愛

（節錄自〈睡前〉）

我一直覺得，現階段的現代詩，最迷人的地方在於：它仍保有無限的可能性，每個人對它都可以有許多不同的想像與表達；詩，其實可以有很多寫法。

純華的寫法，跟她開始接觸詩時的當下感受有絕對的關係。而在最易感的時辰認識到詩，是非常幸運的事。只有在那樣的時刻，你可以充分領略到詩巨大、懾人的能量，並在未來寫作的每個時刻，渴望重現那樣的能量、尋找那樣的能量。我甚至猜想純華所感受到的能量，應該帶有神秘的甜味與芳香，而那種特有的甜蜜與芳香，展現出只有最私密的詩才具有的，舔舐傷口的神奇療效。

在此，我想節錄一段早先在周夢蝶詩獎評審中，閱讀她的作品的一些感想：「『周夢蝶詩獎』有沒有不同於其他詩獎的詩美學期待？如果有，我想，應該是我們可以從他的作品中萃取出來的，某種澹然的詩觀、細微的體悟與玄想的深趣吧？這本編排略顯零亂的《看見你的眼裡有蜂蜜》，相較其他許多入圍作品，沒有華麗的意象、沒有引人入勝的布局、沒有充滿巧思的書寫策略，甚至也缺乏鏗鏘有力的節奏，以致於一開始讀它時，有種無從下手也不容易進入的感覺。

但是，隨著愈來愈密集的，令人驚喜的詩行，你終於掌握到作者那與眾不同的思維或觀看方式，就像詩一樣率性卻又自成條理的，某種樸素的、沉得住氣的書寫態度……在字裡行間，作者一逕低著頭，在荒涼的礦場中翻找、敲撬著閃爍異質光芒的意義，與準意義……這些精闢自得的雋句、警語，是在生活細節的反省與感受當中領悟出來的洞見或靈視。它不會形成壯闊的啟發，而像是點滴在心頭，許久才漸漸淡去的感喟與感動……」

【推薦語】

「以靈動之心寫日常幽微，彷彿陽光下的花雨，時時閃爍不露鋒芒的慧黠。」

——羅任玲

「詩貴性情，卓純華應是性情中人。當濃烈化為詩句，卻異常輕淺，字語有著獨特聲腔，她的口語即是當代脈搏，一跳悲觀一跳堅強。她的詩來自於日常、情感和經歷，她深掘靈魂，不斷往內，終至礦苗甦醒展翅，那飛翔的投影，觸眼成雪。詩中常有自動意象，生發於潛意識，奇兵一般，又帶純真拙趣，液態流動，流經歲月的卵石，激打出美的間隙、瞬間的狂喜。詩中亦不時浮現想像力都網不住的譬喻，不受規矩、有時突然，卻又天然渾成，合韻著她的真性情。詩句往往也是對人生的疑問句，《看見你的眼裡有蜂蜜》如此百般自我懷疑，出手卻意外肯定，迷人而聰明。」

——李進文

春

她的聲音
及一切半開的花朵

信：給二月

想為你寫一首詩
卻找不到什麼好的意象
船錨、大海、風和小鳥們
都太老套了

我身邊只有：牙刷牙膏
洗好和要洗的衣服、棉花棒和一隻貓
對了，你陪我去看過我的兔子
在河堤邊，我暗示你
我耽溺這樣的離別

櫻花大把大把地落下
像美麗的捕夢網
你的黑影撒下了麵包屑
讓我跟隨，終究只
是又回到童年

埋小兔子的位置，已經是漂亮的公園
彩色翹翹板扣起草皮
沒有亂糟糟的土壤
和來時腳印了

牠的小小心臟鑽出籠子，回到我身上
一起跳動
你相信嗎？哀愁
也可以如此清新

為你

為你發誓要寫一首詩
寫到星星變焦糖，掉進咖啡裡
詩還在外頭晃悠不進來

為你描摹你的微笑，然後
像卑微的畫師那樣獻給別人
要了點錢回來

為你被別人責怪，為什麼不愛我
插了滿頭的樹叢，渾身泥巴
走錯了戰場

疊上你，永遠變得透明
為你透明地老去，透明鳥、
透明火車、透明內褲，誠懇地
一路放逐記憶

為你在渡口樹一木牌
時間陪我等待
將一起錯過
你滄桑的臉龐

禁忌

走下公車的那一瞬間
也就想鬆開頭髮

想你是杳無星月的夜空
是曾對車窗呵氣的，遙遠的雲朵
是幾年前播種的玫瑰，玫瑰轉眼
死去而青草漫生

吉他弦一指一指地撥動窗簾
我又週期性地動搖

你沒有鬍鬚，也沒有骨架
只有我不能碰觸的靈魂

待頭髮拍上我肩膀，濕潤地催促

我黑色的歸途，想停下來說：

願我也是你手心

蓬鬆而不可即的存在

櫻樹

總有某些季節的櫻
是不能再引人注意的了
我在那看著它

看一支傘骨
如何旋起曾被眷顧的幻象
等候新苗戳穿……

殘存深桃紅的點畫吊掛著
像大批逗點散亂不再
有文章可作了

春天預備闔上眼瞼
大地烘熱了綠草，裡面
無數的手腳要脫蛹

什麼也沒說，只是
這樣想過

它不笑，沒有眼睛
不盼著什麼也不回頭
計較自己的上輩子

生命像一隻手隨時推
鞦韆盪向天空而
終結於一場無名大雨

歌謠吹得耳朵痛了
始終被垂掛了太多紗麗
人們的記憶……

枝枒在冷空氣裡延伸裂痕

數百種風的方向
根裡蜜一般地釀就
一次又一次的童顏老身

而不笑，不悟
不聚不近身的露珠
只呼出一口氣

風中的我
多想讓他也看見此刻
但他從來沉默
像把祕密埋進了樹根下
讓我重新開花

解謎

在年輕的時候
什麼話也不會說
只有一個人關進密室
刻些無解的謎題
受傷得很深
所以總抱著娃娃
來搗著傷口

長大以後
養了一隻貓咪。禮物似的
牠飛奔出幾道彩虹
睡倒成一朵雲
睜開眼看見我
眼珠子就像彈珠一樣滾動
牠任性，像高山那樣隆起
使我更加謙卑去撫平牠的曲線

用飛進銀河的力氣
護送牠航行

誰是誰的母親
誰是誰的衛星
牠是我的棉花小鑰匙
打開了密室
軟軟地攤在
已不見痂的傷口上
牠抬頭看我
做出喵的嘴形
給我也出了一道謎
而不再難解

乃馨

梅雨季，落雨像落花
母親的
節走向我
一天一天，在人世奮鬥的我
不參加親戚聚會的我
想起我
買過粉紅的康乃馨
看它一層一層地
被套上發亮的洋裝，蝴蝶結
領著外婆和爸爸
踩上石梯的淚痕
把我／她／他僅有的
乃馨塞進窗戶欄杆

隔著玻璃窗
只見她的編號

塔門不開
我們已是她前生的訪客

她已經望向山麓
用不上鮮花妝點
那時我七歲
讓外婆和爸爸餵著溫水
我摘佛寺裡的桂花
每年摘
它們欠我
一路馨香的人生

回家去，漸漸
各人換牽手的對象
各人換睡眠的位置
母親的

母親也離開我
成為另一座山

二十年後
我習慣了我母
在一座　山的牢籠裡
那鎖我是打不開了
她會飛
高得逼近星星
有雙美麗的眼睛

約會

有時候，我寫詩
你是我唯一的讀者
我把祕密
一片一片展開
為你扇風
你就這麼搖晃了起來

有時候，我懷疑
剛和你在五月的花園裡
打了照面
但茉莉不開
我聞不到你
沒有茶會
為你預留了座位

一旦你成為靈感

也就成為黑潮
我是船員
抱著皮箱上船後
只能和船員待一起

把自己鎖在海上
是道德的嗎？
柔情使人吐得兇
你一概接受
我嘴裡的眼淚

一天、兩個月、幾個小時
你帶來豐沛的魚卵、
布滿裂痕的天空
你暴雨而我
等待始終來自遠方的

面對面的時候
手都擺好了位置
你可也有
關於我的圖像

睡前

吃下藥以後
我的時間開始倒數

我想念那些
關於逗貓的話題
不是你的貓，其實
也不是我的

白天的時候，貓
遠遠地就在搜查
眼珠躲在發光綠葉下
一塊柔軟的花礁石

牠們用鬚分辨
遇見了野狼
還是溫柔的奶奶

（大部分的人兩者皆非）

宇宙的觸手伸向
貓，飽滿回音的神經
可以摸到牠們
或左派，或龜，或帝心之震顫……

（有差別嗎）

下一秒鐘
牠就忘了前一刻的自我
我在想，牠代我去找你了

玩到一半，牠生氣
像做夢那樣咬了我一口
尖尖的牙齒，像你
我一點兒也不後悔

只是，貓也會怕
牠們常迷失在呼喚裡
要過好一陣子，好久好久
才會全身癱軟，背對你
來接收愛

傍晚的時候，貓
已經舔光了所有的你
我不得不為牠添飯
吃了兩口，又去追不該追的……

貓的腳底藏著粉紅色的氣泡
我偷摸牠瞪我
放開你的時候
我也就睡著了

吾月

士恩的詩：「夕陽西沉之前／皎月初升之時／春風溫柔地拂過兩個身影／低聲耳語將其包覆／緊握的右手也好／笨拙的親吻也罷／因那於我而言宛如皎潔月光」此詩為他，也為他心中之人留念。

在夕陽觸及大樓的邊角以前
我和妳就站在陰影之下
祈禱那降臨，不再數算
我的步伐，妳的遲疑

在月亮搖搖晃晃上升之際
它蒼白的臉龐令我忍不住打了冷顫
想要擁抱妳。我
多笨拙的右手啊

妳抬起了下巴，那額髮
像流蘇般小花，小花的細語
令人忍不住俯身，在
無邊的夜，我和妳輪流顯現
灰白的坑疤，吻
多麼笨拙啊

人神

「滿堂兮美人，忽獨與余兮目成」——《楚辭・九歌》

認識你以後
漸漸感覺世界傾斜了
我們被倒來倒去
穿過這個洞，跌進下一個
身邊都是沙
你也摸到了吧

相遇是
樹葉串起樹葉
被你一句一句地包圍
我還是獨自等車

葉總是殘缺

爪痕透光對我眨眼睛
所謂邂逅
也不過命運所默許的
一場獵捕
黃昏時分
獵物閉上了眼睛
悔恨牠所擁有過的
赤裸的日與月

你是琴弦，是清瘦的月亮
是霑了海水的鳴鏑
從傷口走進我
你選擇成為什麼

你節制我飲酒
可酒神能讓陰影地帶不乾涸

能讓我借用別人的瘋魔
你能作一塊軟枕
不就好了嗎

為了長久下去
凡人不可見天神。宙斯
你我不可飛越湛藍的大海
金牛上的歐羅芭
終將被愛與妒焚毀

無妨
風吹動任何一面旗子
我都當是你的呼喚
藍天白雲下
就給你一束花
讓你永遠無法告別

種子

山中有風，有嵐在許願
邐迤山壁的硫磺把心事
從這手遞換到那手
將他的眼睛，他的疼愛
喚成具體的知覺

我的心臟有嗡嗡的震痛
像狐妖，釋出最後一縷仙氣
為人世的故友死在山荒
只他將我披在肩上，飛往向陽

在混沌飛行的深眠中
我還在創作。創作真實的生命
也將醜惡撕開一個缺口
逼他們長得更醜

然而近乎窒息的
是被朋友背叛
心如空掉的花瓶
怎麼容許碎裂？

回到山海相鄰的墳墓
他讓我對坐鮮花哭泣
我前生骨血的來處
那些給我蛋糕、書籍、晚餐的人們啊！
折磨我靈性的血親

都化為了一個個名字
我伸出手指，向右抹去
抹去我身上的髒水
和翻飛的落寞。我在下降
以極速見證人世的冰涼

他滾熱了筍湯
穿過我蕭瑟多雨的胃口
從此處，到下一個仙鄉
我們不需要燈，也能看見：
對方從很遠的地方奔來……

我留戀，故離開他們
最深處的家園燃起大火
「我會好好照顧她」
風在笑我們點不起紙錢
人世可笑也不要緊，只要
仍舊彼此相望

我的愛情堅硬如子
等待長成綠樹，此刻
山路起伏。我們就在霧中

率先夢見星辰，在痛與力的宇宙裡
不斷拉鋸宿命

缺陷

吸乾樹汁以後
葉子缺了角
月光碎片
引來貓頭鷹的覬覦

浪花倒退以後
海洋慈藹地關了燈
貝殼因為被棄
顯得純情白

掏出孩子以後
子宮想飲杯濃茶
咳嗽一聲
若有所思地許願

我們蓋房子

在別人的房屋上
在它被焚毀以前
盡可能指揮窗口的風向

我們種花樹
吸收太陽的芒尖
在感到口渴以前
收集永不存在的露珠

雲

生產
乳房的弧度
不屬於任何一個女人
透出閃亮的眼神
不來自任何一種慾望

遮或被遮
輕悄地離開
不必關門
想升到最高的地方，看清一切
終和霧擁抱在一起，
彼此誤認：
「你就是我……」
眼淚降下的時候

那已不是淚
然而佔滿大地，鼓動
令人心寒的浪

地心到天空
恰好一枝箭的距離
沒有角色可演
就抽滿肚子的菸

推或被推
沒有旗子
卻時常展開，揉掉自己的畫
三千六百個日子、五億十兆個日子
有時重畫，有時戀愛

絲毫不管顏色
不帶任何一個人的表情
沒魚
但一直讓人想撈

粉與藍

這一季所流行的藍色唇蜜
塗起來
還是濕潤的粉紅色

卡通裡的小仙女們
一輩子在天空與
城堡來來去去

藍色記錄天空的溫度
而粉紅則爬上了貓鼻子
升高所有人的溫度

一個女人的身上
絕不能同時有超過百分之三十的
兩種權力

除非粉紅停止欺騙，只沉思
到葡萄一般熟成
那麼藍就會對自由主義鬆手
靦腆地只作一縷呼吸

而當藍挺拔成權威
那麼粉紅就會
輕輕地飲酒和跳舞
在門禁內一切都是安全的

他倆
需要一種安靜的距離
即使在色譜上並不對立
在性別上也仍然是

只要一勾手

一個就跌倒
粉紅生氣，藍的逃走

閃進相機裡的紅
在每一次的喀嚓裡
調出飽滿熱情的記憶
也不過一張薄片
她已聽過太多人發誓要愛
愈被人利用，她愈青春

藍的到了希臘
想一生躲在白色的小房子裡
但所有人都趕他出來
為了不哭出來
他高高地戴上巨大版
超涵水隱形眼鏡

母親

清明節時賞菊花
生者更需要寧靜的芬芳
微微刺鼻的團絨可驅蟲
恰似透明的苦舌頭

到佛寺供金
陪伴母親
像白蛇被壓在塔下，靜美
沒有聲音抵抗宿命

戴上軟帕，趁出家人未察覺時
擦去罐子、照片上的灰燼
那一場火光後留下來的記憶

將手帕夾進口袋
和父親一同上館子吃水餃

暖風輕咬我們的臉頰
隱隱痛癢著

暖風在竹林和飛雲間
不知多少次席捲我們的誓言：
「不要忘記我」
「不會忘記你」

夏

蚌的羅列
我和我的護衛隊

囂靜

真情
只是一架舊鋼琴
些許琴鍵壞了
彈得有些費力，聽起來
淡淡
好吧……哀愁

他拉把椅子在我面前皺眉
嫌棄我不夠光滑
映照不出他完整的臉
他撫摸、刺探，為了更好的評價
他踩住折磨
不斷嗡嗡複述他的心
我被迫遊走在記憶他與遲疑

音符持續的時候

我虔誠地閉上眼沉入礦藍的天空
飛鳥像天使像心
我吐不出的話
宇宙藏在深處繞圈兒
或許，再彈一陣子
他會發現

他練琴總不久
總是避開灰暗神秘的章節
手指譏誚優雅，充滿姿態
彈不出消沉後的熱情
遲早他會
離開我們的曲子找一杯速成咖啡

留下瘋狂的樂隊整夜
沒有人的時候
我大聲奏嗚
流著淚

七月

蟹螯伸進沙裡揪碎更細的前生時
世界向海岸扔撲克
一場遊戲還沒有玩完時，所有人
只能循石縫呼呼吸

時間到了
該在海裡無數次翻身，無畏地
水烤成薑餅人

驚動了所有的
母親輪流來給你臨檢
為了走，你把夢遊摺成背包大小
收進櫃子裡。海水同步
折兩折上沙灘

你不再思念誰了

世界並無門窗可供憑望
它的古老急切拋下
你，回到每一個當下去

夏之頂點，埋怨的頂點，甜滋滋
整世界一場混亂的撲克
童話也消失魔法，回歸
給太陽，由祂來定：

你是陰，是晴，跪求神諭與寄生
你飽足或扁餒，無人看管
你拒絕一個宿命的邀約
或你只是拒絕邀約

就像不能曬乾的祕密。你是否
還忍受汗濕的軀幹，萎縮的軀幹
你繼續穿上

海島遊

像多一個情人，讓你伸手
奉獻銀幣，幾夜的月光
複印自己人影

文件消褪，故事關門
鑰匙一環一環斷開
路徑一彎一彎抖亮

入夜以後，華服漂向海上
早晨又回到衣箱

燭光熏痛眼睛，人間
繁複的星光

海那樣靜止
看不見它收回什麼的手勢

鮮花與歌聲讓你總是想離開
……飛行後，你餵食自己蔬果
然後沉進土壤
黑上兩層

貝殼項鍊呢喃：七月是藍
是揉碎、空無與弧形

是椰子與它樹下
加長的躺椅

藥與安眠之歌

有人對著我噴煙（但並不很準確）
等下會把我帶入鯨魚的肚腹
夜裡攪擾一陣

交換複雜的氣味直到早晨

五八千條腦筋都在健身
到了早晨
什麼也沒噴出來
我還困在牽絲的胃壁裡。想拔一
拔裡頭的神經，但是
怕痛

平躺的小腿骨瘦弛得像柴
不，是色鉛筆
幾隻鈍鈍塗寫痕跡的色鉛筆

只有快要焚燒起來的
幾種顏色在探戈。喔不
我拒絕
我只要海裡的黑

搖搖晃晃地過天橋
我在天秤一端的簍子裡
另一端那位不露眼的對手
是誰？誰
在夜裡打陽傘
快來縫上我的眼睛

剛剛是吾貓的踏踏之夜。作貓的
只曉得踏，多幸福
不像腳踏車輪轉來轉去，常常掉鏈、艱澀
踩了幾百圈還是沒什麼前進

淚水沾濕了枕頭
我要脫離了，我要成仙了
不回頭了
今晚肉身成夢，能走多遠是多遠
把那人的菸斗收起來，人太多了

抵抗

受了委屈
想走進山裡去
眼睛全閉上的地方
都是霧，都是試探
你巍巍不動，令我安心

你是一隻純潔的白鴿
我能隨時網住你
在手心停留
看著你的眼睛
咕咕，咕咕

這世界好大
像動物園那樣大
這世界好重
像我們所放棄的彼此

我不要你的吻
更不要別人的戲弄
逃跑的路上
夜燈跌倒在水窪裡
雨滴終於讓海漫出陸地

想把你貼在我的臉頰
讓熱淚在上面滾
可是好害怕
你是另一顆預備誘惑我的
爛蘋果

洞

愛上一個人
心總是給撞出窟窿
月亮背面
插著唯一的一把劍

林子裡的樹洞
用青綠蝴蝶、咚咚的果實
各種粗細纏繞的根
發散氣味
來混淆嗚咽

山在黑夜
森然戴上皇冠
為梨的種子
埋下冰冷的眼淚

然後清晨
就把它蒸開了
人握著果實
試著挖掉它的心

望向天上的畫板
雲起了漩渦，鼠灰藍不斷漂流
但還是那麼遠

大地往上捲起泛紅的金光
松尖都已屬於惡魔
為你走進颱風眼
不再出來

風雨結束後，那個國王
把垂在臉龐的驢耳朵撥開

多少童話路過
深深淺淺的祕密

我的窟窿裡盛滿了水
和裂開的松果。刺痛感
那是愛
還是你和我都不知道的末日

變形

你和我曾有個約定，記得嗎
你來了，穿過時間的沙粒
我聽見摩托車喊你來了
我摔倒／開花
不敢讓你看見，你卻叫我

盈盈的花瓣我想你不愛
但你露出珍惜的笑容
還是，我割了自己的聲線
過於柔軟地蜷伏在
等你的那一刻，所以誤解了……

我父如火／在夢裡
巡查我的焦急／我的尿意
我從窗外／我找不著手機

要你，先逃到森林去
你會實踐諾言的

可異常纏綿的蛇
其實是冰冷的
夢爬上該退後到看不見的記憶
換了體溫／你的溫柔
夢開始蛻皮
然後我痛醒了

迴路斷了／我的青春
這樣偶然喚回的
強行再進入停電的機房
甚至沒見過你揮手
什麼也修不好

不怪你／□□□

這樣抒情的詩

這樣渴望再中毒

是你永遠的負擔嗎

夏夢

你坐在我旁邊
聽我說話。時間是無盡的
像你走後的海那樣悠長

你在微笑，你看看我
而我專注得像螞蟻追逐點心
渺小也願意

你的雨傘還滴著雨
你允許手臂和我的手指交纏
周圍的人怎麼不消失呢

一直在找一扇門
感覺握把在你身上
你比過去的你，更打開了些

但公事包是新的
你面向和我相反的那一邊
偶爾在夢中錯身

鬧鐘大叫：隔夜的食物
該清掉了。我每天都能吃飽
所以每天都只想寫信，或許

我感覺夢在探頭
看我在焦土擺上木馬，自己旋轉
它想知道我哭不哭

又去了一次
又說了一次
而再幾次也是一樣
像海那樣悠長

貓奴

裸身，跪著
沾橘油泡泡刷洗小軟床
置身在骯髒的海
剔掉毛和灰以後
撿回一朵白雲

想像：邊邊是頭枕的地方
中間則由肚腹貼著
腳丫子隨便放
每晚星星在那裡下沉
升起混濁的呼吸聲

如我沒睡，牠必定陪我
或遠或近地，投來一道閃電
牠也看天空、花草、影子
或什麼也不看，讓我看牠的側臉

我出門，就是牠的風箏
牠想起該扯的時候
就到家門口站著
牠想說的不是語言

牠攤開來，就是張紙
我用鼻子在上面作畫
牠逃離高速快感
覺得被親近的人背叛了

每晚我不得不放逐牠
在夜的邊際巡守
我變成一塊石頭
不再屬於任何人
只有牠的掌能踏上我胸口

沒有多久，星星下沉
小床升起混濁的呼吸聲
牠的肢體呈混亂圖形
怎麼看，都是完美的織品

臉蛋是三角形的，耳朵也是
腳掌是橢圓形的，肚子也是
毛很密，味道一圈一圈的
把我管在家裡
負責讓東西變乾淨

棉床吸水後是不可承受之重
我將它捶扁，以女人的力氣
為了孩子，什麼也做得到
放盆子上，推出陽台

願明日的陽光親吻它的肚腹
製造一種沒事幹以外又健健康康
健健康康的生涯

得以摩挲牠的手，抱住側腹
尾巴搧出優雅曲線
邀請王子跳的舞，王子卻逃走
走廊盡頭有溫暖不絕底風
和牠露出的半張臉

我是奴
我奉獻床
奉獻食囊和歲月
牠用長毛的速度
來標示年曆
我們常用睡來遺忘
共有的終點

腳踏車的盡頭

在夏日的盡頭
想練習一種新的
騎腳踏車的技術
想要通往
你給我的一場黃昏

雲是蓬鬆的
淡淡的藍與金
掛在即將暗沉的橋上
也是飛揚的
讓我不知所措

腳踏車的姿勢
架住了彼方河流
讓你無限制地取景拍照
我待在你背後

99 — 98

凝視點亮了燈

只是短途
也離我的心事最近
可惜是歸程了
河岸將隱匿在告解中
黑夜也不會把你還給我

你混入了人群
你在橋的那邊
聲音稀薄……
我只能握緊我的風向
保護烈日蝕毀後
周身的靈魂

看海

把視線投向遠方
夜即將點亮燈塔

海一陣陣地
排列出哀傷的語序
或近乎失語
它困在莫大的反覆中
不能死去

有人望著陽光下的葉尖
念想浪的咬嚙
不斷用腳指頭
走近一片藍色火焰

寶貴的儀式
在極短的秒數當中

成為石像
永恆沉思，沉思永恆……

而是否又過於可笑
為下一波風，下一股浪隨即
崩解深情為渙散
將凝望煉成白沙

我們總是慎重地交付
不重要的片段、已透明的人
轉身回家
由海代替我們呼喊
並且總是哭泣

看病

醫師與我初見
她沒有笑容，只從我臉上找尋原因
原因不在臉上，已經走了遙遠的一段路
來到這裡

診療時，醫師也不大理會我的恐懼
我的憂傷，這些都扯得太遠了
她當然自外於我的家族史、我的母親
與我的未來

診療時，蒙著陰影的毯子
「啊！」我在咬牙
一匹花豹竟日狂奔，是因為懷有深深
拒絕被命運啃噬的驕傲與恐懼……
而現在，我感覺被釘死了

呼呼吸
希望她能聽見

她的爪子，她的牙
她的手與手套都很乾淨，我轉頭
不能閉上眼睛。黑色像噩夢
我無聲喊著：「藍天……白雲……藍天……白雲……」
視線抓住牆壁，生出了些許浮力

等到她終於飄走
冷冷的一朵，綿密凝結
卻果決地形成驟雨
成為多少人夏日晨昏的主宰

我看著她，知道那淡漠

是礦泉之流，能指引著
最終要找的東西
病，或者其他
不需要證明真實的東西

相屬

在人群中，你把我奪過來
畫完線，又立刻鬆手
已經愈來愈清晰了嗎？
可我清楚玻璃窗的位置，我
不會一頭撞上樹影的。我
自己進籠子，好嗎

你是茶杯，我愚蠢地泡在裡頭
想跟你說話，就去擠湯匙
能說些什麼呢？湯匙覺得
我愛上它，弄出了
餐巾上的茶垢。啊
你還被人揪著耳朵轉來轉去
走路踢踢石頭，不忍心
把它想成你，我是誰

是第幾個？不敢問你
你奇形怪狀地，在書裡
自慰，盡可能地伸舌頭。我不懂，
我是向分身袒露，還是你

喜歡你低吼的雷聲
和我的陰影互咬，我害羞極了
微溫的臉頰轉向內裡，等待
綻放。你說美，然後隱形
於是我又進了籠子，等待你的茶
你的書，你的拉雜日子給你的
暗示，可還有其他

錯愛

隔著玻璃窗
看一隻獸

牠的心底鋪滿砂石
嘴巴嚼著青草
坐在浮力的電梯裡
上上下下，上上下下
偶爾被送來我眼前

我換衣服
則牠也打開衣櫃
彷彿牠是打開自己的衣櫃
驚在那裡瞬間
被一種秩序飽和了
但牠並無身體可承擔

這一件一件，一件一件
行將黯淡的日出日落
花房與蕪草
燠熱地持續生長

牠沒有脖子可轉頭
咬著自己的過錯
滿身字痕
拖著我的裙襬
行過雨後的地面

女教師

他們說，直覺
就是用肚臍眼彈鋼琴
但破碎的詩
不夠時間來補

她每天爬樓梯
那是生活的牙齒
一開始，總是清新

她走路的時候
用雲擦亮眼睛
濡熱的。誰沒有傷痕呢
她想撩開裙子，直接滑落
美麗的下坡
去接近鳳凰花

猛爆的戰場。橘紅色的
幼兒高懸，傷兵死去
她的心總是哀悼

把鐵，熔成花
掛在耳朵上
走進每一個監獄
牽起每一條鎖鏈
「是我的」，她說

年輕的面孔們
眼睛在吹笛子，手
折斷自己的樹苗，愛
比一部電影短
她覺得自己也被倒帶、扯開
吹散了

或者是一個披薩，被他們
分完了，就沒有了

她避開了夜晚
頭髮是弦
她一直等，等
等
車聲成為熱浪
夜鶯，瞎眼的和尚

她一直把落日
吸回早餐的蛋黃裡
覺得夢想毀滅的那一天
要把太陽射下來

秋

昨日殼蛻
曇花與紅夕陽

照相

打開門，裡面有
一群學生簇擁一位老師
我為他們照相
站在教室的中心地帶
昨日的夕陽，緩緩
從窗子照進來

我守著他們的靜謐
他們的笑容
按下快門幾次
輪船滑過孵出氣泡
我站在中心地帶
有人在對我揮舞旗子
風頗不尋常

我的學生已到校外了

裹入愛恨生計
和我一樣
曾遇見在打工的她
執意請我吃了甜餅乾：
「以前都是別人在吵，
妳每次都罵我」
是嗎？
我最記得的
是某人將制服襯衫吊在窗外
有人找他
就開窗拿衣架
明明住宿舍
卻陪女生坐公車回家
年輕才有的溫柔

我像森林裡的獵人

捕獲小鹿後
也溫柔地將牠放回原地
不是原來的那一隻了

我們被請出
這間教室
走向宇宙
枝葉死亡，又新生

離開前
就突然想回頭看一眼

舅媽

一個婦人牽著女孩走
暗光交織的雲飛在河堤上空
她們順著花圃和曲折的樓梯上來
女孩偷拔了鬼針草打算射向
婦人牛似的穩健吁吁

河流在右邊
要往下跳才看得見的悠悠
河流前有移動的路燈空的籃球
一個婦人牽著女孩走
人世和鬼界的交處
兩人卻像無知全知的船，航
捷徑回家，煮餛飩湯
這麼無人、恐怖而不憂愁

前方遠處

長橋黃燈點染暮藍的美夢
橋墩則塞滿各式遊蕩於過去與未來的
黑眼幽靈可能裹住任何人
婦人的丈夫與女子擁抱，十年之後
但婦人牽著女孩
早已下堤
黑暗沒有展開它的包裹
它就只是個橋墩
車行揚起灰塵，女孩狐疑而要到家了
天邊黑紅色的漩渦還在熬著
日子裡女孩不停回頭檢查
不存在的跟蹤者

（婦人牽著）女孩走
車陣揚起灰塵
灌木叢繞出車路

女孩從車裡往上看
永遠空無一人

更久以前是土堤
從沒有路可以上去
更沒有路可下來

我舅

因著劇情需要
我需要一個老闆，恰好是我的舅舅
我高興地把他接來
讓他在劇本裡走路

我邀請他到他的公司裡邊
跟一群他不認識的人說話
他揚起嚴厲的眉毛在罵
步伐如舊，有時腳尖離地
依著我的旋律，飛了起來……

等他下場去，怒氣還在蒸煮
我知道用不了多久，就會消去
他更喜歡一片詩情畫意的窗景
抽著菸看觀音山落日
潔白的襯衫造就黑色剪影

日行緩慢……
而宇宙終究制住了他的光芒

他為我的劇本服務，而
他實在不知情，關於我如何
翻轉懷錶的雕刻面
將他的生命重新延展

他的生命變身無數面的稜鏡
只有我知道，哪一個是真的
戛然而止的中年。他把手掌倒過來
抓不住的水都流乾了

他得敞開五十五歲的心胸

作為一個配角，我要讓他的寬容、富有
有些張狂與庸俗，漸漸地我知道
那似乎不是他，他能做的事不多
為此，我比他更沮喪……

童年的快樂家園，那些角色
都是黏性不足的貼紙
劇本是我的生產線
我拼貼家人，暗自慶幸：
分屍保存便於攜帶

可是，當我經營別人的故事
他不准永遠那麼清晰
就在我拆掉架構，努力維持某些平衡時
他的高鼻子
就被藝術女神一腳踩平

在我動手刪掉他以前
他已經走了
藝術是一場徒勞
因生命也只是
等待綠洲變為沙漠

考生

不知從何時開始
我有了潔癖

在大考前一晚
我看見鐮刀揮向窗簾
書桌上只有破碎的夕陽
幾個人影幽幽
對我說：別分心

我忍著不跟他們再見
撥起橡皮擦屑屑撥
到邊緣的時候
書上的殘星
便無地可躲
索性把大小本

連綴或撕開的人言
疊出個次序，作一圍城
圍外我又何能？

就打條抹布
讓冷水游到四個角落
許多蒙灰的昨日
或站或倒

隱形的標籤貼滿心裡
愈急愈撕不下來
即便如此，詩還擠在縫裡
作一低吟的流浪者

意念

該進擊的
仍然在匍匐
生之藤蔓
化為夜夢
幾位死者的手
攀上我的髮
說要喝
冰過的啤酒
我是那麼愉悅而
神通廣大
啤酒、老房子
我當然都有
走去取
走進現在的房間
日曆刷刷刷
搧我幾個巴掌

我只有眼淚釀的
在喉頭咕嚕嚕
慢慢嚥下
酒釀的早晨
形似黃昏

瘖

眾聲寂靜，六點，距離放學兩小時
熱水壺終於蓋上，停止一切的試探與索求
它跳回一顆燈的溫度，在進入微涼雨夜
傍晚時分，反覆抖動
它的內壁在流汗，在失去空間的潮濕裡
也逐漸失去時間

時間競逐我，與曾是同學的成人們
時間撬開我，在此刻作為學生的
任性靈魂面前。我鼓脹與收縮
將空間控制在不能過小的範疇裡，將
暴烈的髮絲束起，以微溫之額
貼近他人之耳

遂只能放逐時間往漫漫空間挪移
我的眼睛盛滿痛苦，因為凝視糾結過久

且曾滿懷光亮地進行一則十三小時的手術
我的四肢在雨中漂流，也想脫離日常
組成一個嶄新的自己

我胸中有風雨，不曾成形的挫折，讓我
沒有理由能夠逃離。我坐在巨大的鋼琴面前
看它張開翅膀，窗外有更多的翅膀，抖落
黑夜。我有愛，是黝暗中
漸次死亡的螢火蟲

然後你便作了我百無聊賴後的
塗鴉，作了我半新不舊的戀人，在想像裡
你與雨傘在一起，與腳踏車一起
成為令我不適的雨後塵埃，我的碎屑
風的碎屑，互相擁抱而離題

空間是兩岸，靈魂處於永劫
燠熱的樹葉進入傍晚的風雨在顛覆
智能與制度。鳥兒飛了
我想洗我的鞋子

總想掀開別人的臉皮，可掀不開自己的
底層有痣，或者也就一堆模糊血肉
半溫半冷的表情，不須跪，不能吐
輾轉交付給寂靜，使它又輕輕地啊了一聲

藏身

想起某一部愛情電影的時候
男主角憂鬱地在天橋上往左看
我的記憶立刻左轉
在入睡前，把我自己打撈了起來
看見你的眼裡有蜂蜜
看見你，在初見時
和我一起預備走入電影

之後，你溫柔光亮地
讓我想痛哭，也許是預兆吧
不該在星星上
留下慌亂的爪痕
你是怎麼受傷的呢
我在各種濃度的夜裡
找不全已分裂的你

當你在房門口敲門
周圍有蝴蝶的影子
腳下的沙粒
卻告訴我你沒來過

直到
坐在腳踏車後座的我
已經剪了頭髮原諒你
輕飄飄地，還想用一句話圈住你
路燈斜飛成光滑的雨滴
你的眼神像鐘
鐘面上兩三滴雨沉默地吹著風

在入睡前，我總想問你
什麼是你了悟的經書
你聽過寂寞的車聲嗎

還記得最年輕時擁抱過的物事嗎

原來你在魔術盒子裡
所有觀眾都看不見
我藏了你的屍體
當再次打開——
我把自己也關進去

你摸摸我的額頭
發燒得厲害
為了留住你
我只有昏睡下去

向我

雨開始了
那些濕漉漉的葉子
你把我吻醒
帶著汗味
不是吻，卻是某些遲疑

星河裡藏有許多
關於寂寞，和不再寂寞的
戒律。月亮鐮刀
朝布幕砍去
它們不再射出
令人混淆的光線

你也離開，在無限次
離開的風向裡
我們的腳踏車

曾對著冥漠的觀音山
祈禱隔天
是好天氣，並
拍下生澀的幸福

最好的天氣
是我們彼此無語
像一對幽靈
你隨時溫柔俯身向我
眨眨眼睛
每當這時
窗外就下雨了

雀冷

我往鏡裡走去
立刻撞上自己
那鏡子是你放的
你知道裡面也有自己

聽說霧起了
你陷進了淚眼與撓癢之中
今生的追悔有如古中國
露冷的雲雀，被針線
制伏在絹上
鴇羽蘸上綠青
樹枝被樹葉點綴
那是繡娘寬容的鋪陳
她端詳、刺痛你許久

一明一滅

你在痛感裡飛行，不能停下
而我想像你啁啾踟躕
對我投來目光

那都梳理好了
茶園起霧，下一個季節的收成
也繚繞回音，泠泠的
臉上最高的稜線都
很平很清晰
你依然沒有走出我的鏡子
只有我撫摸

你是日漸冰冷的生絲
你是壓在箱底的薄箋，那白與透
可我沒寫半個字
便讓你把鏡子移走

刮痧

爸說：「來，幫我刮痧」
他脫衣，開始解除負荷
這不是阿公嗎？我睜大眼睛檢查這具
凹陷的軀體。膠質？脂肪？無以名狀的
小偷。已經被奪走了，我驚恐地
坐下倒油。「這顆痘痘不要刮到」
他指著脖子後面。過了青春期
還長的痘子乃諭示頹軟與抗爭失敗
「年金改革就是」他有禮地駕好麥克
我是他理所當然的聽眾。「明年七月起，
退休金剩下四分之三，以在職的最後一個月算」
我想起他去年的旅行，去日本，他
和氣地嚼著餅乾屑，好不容易有人
剩給他。除了一間屋子，他也沒有其他
能苛待別人的契約權。「風池穴，
可以預防感冒」他一如往常地注重

保養，「順著脊椎往下，兩條」
我是他平行的尊嚴，他說：
不要唱別人唱過的歌，他說：妳小時候是他們在照顧……
他說：同事躲起來看書的時候，是我在
工作。工作使我成為更好的他，而我竟然
也是在職十年的平均本俸
該歌頌時代嗎？我切黃金奇異果餵他
因為太陽會平等地熱昏每個人（是嗎）
我和他注定成為次級的窮人，次級的富人
按按那背脊，我修整他的信念，骨肉消瘦，彷彿
阿公在他體內不斷勞作，我
和年輕的他繼續看書

長大

這世界，人人學習長大
再大，仍是被裝在信封裡
人人誠實地拆開謊言

訊息如蚊蠅，揮手、
抖落。

燕子安坐在巢上
雷雨心悸

路燈泛起暈黃眼淚
的時候，我為你拉上藍色毯子
垂坐在你世界的角落

像盛夏的樹枝
鋸了又生，生了又鋸

不焚的木頭，總是在點亮些什麼

如果和你一起關進時鐘
滾過滿是雨漬的道路
則到處都是輪迴的泥巴印

早晨貓貓撥了撥我身旁
牠比你懂。雖然也有
百分之二十的狐疑

是否我們的靈魂
都在一個無聲的鍋子裡
輪流空投，輪流吞食
天地

謊言

光陰流淌著古銅的鏡
香味兒　繞圓
男子說　「那是一縷秋　我唯一的　妳是」
「可是，你才是鏡裡的人。」
「我會給妳最好的。」
用他的愛，證明她的愛　末日的暗示

滿意自己密語的姿態
一個不老的紅顏
「那是一縷秋　我唯一的　妳是」

「可是，你是鏡裡的。」
「只要妳相信我，我就是真的。」
「我久不出門，已經病了。」
「只要妳相信我，我就是真的。」

男的假裝憤怒，這樣一來，女的就會說：

「　　」

摸黑的舞　抱成一團

「。的真是就我，我信相妳要只」

「我久不出門，已經病了。」

虛無

一枚森冷的銀幣
丟進許願池裡

水把陽光洗亮，看清楚頭像：
鼻子已削黃，額髮斑斑點點的
黏黑，嘴要吻不吻

群樹在夜半喘息著
離地一吋，又一吋……
陰沉地挺起樹冠
又織就刺向湖心的網

他們由下腹部攪起一種，查無病因的愛

白雲追在旭日之後大喊：「昨天……」
日光的憐愛則讓鳳蝶

琉璃似的易碎

池水流動，像銀女神的胸脯
守得住情慾？

木棉花愚魯地墜樓了，絲絮卻飛揚、飄忽……
朱槿也張大了口，如浪如血的花瓣吐出
纖細的蕊
她們多想唱歌，而地上散落些
未老先死的孩子

這樣豐碩的生死
是對大地最優雅的恭維
隨風被掃滅

鳥無心飛向天空

關於回頭的瞬間
池水記得太多
遂黯淡下來……

紫藤花：「散了、都散了……」
祕密的冰冷湖心
滋養一切

因為這樣的掙扎
諸神覺得人間
無比美麗

冬

遠處銀鉤
拖住我的夢境

如果

如果和你握手
望向遠方
不要你為我梳理
那糾結的耳語
塵世太多的骷髏骨屑
熱情已白化
就讓它們自然安息

如果和你握手
遇見大霧
不要你親吻我額頭
蝴蝶般的渴望
會自尋夾縫
或許落入浦島的龍宮
水面下鐘聲震動

157 — 156

如果和你握手
看到岔路
山滿覆林葉的怦怦心跳
鼓吹我們相守
又像已裁好的車票
對我們微笑
該駛向明日的列車
卻倒退著走

噤聲十行

我想丟張哭臉給你
可是沒有一張圖是像我的

玫瑰說：「看！我心的皺褶何其優雅，將逐漸飄落……」
人走來「喀嗟」一聲，從底部剪了它

洗澡時，水霧被磚牆困住，不停咒罵：
「冷、迷幻、忘記、別愛我……」

車夫餵驢子吃安眠藥，因為他自己焦慮
他弄不清楚：是該趕路，還是停下來哭泣

手牽著別人，牽著不斷縮緊的時間的時候
就無法寫信給你

銀色高跟鞋

只有這樣的高度與
楦頭，能讓腳踝高傲起來
撐起一座淺灰色的燈罩
打亮明豔的光

還是站不挺的但
那裙下交錯摩挲的一再
誤會，使銀色的側面剝離
空白，愈來愈大片了

循冬日裡不很冷的縫隙伸出
腳被星空包裹
美是善妒的
將風與骨穿針引線

它曾經像蛋糕一樣幸福

而終免不了從底部崩解
印下足跡的那一刻

青蛙半張著嘴，要我
好好沮喪一番

脫下淡綠色的毛衣折好
預支春天的代價，是
和死神周旋，充滿技巧地
臣服與拖行……

這注定的旋律使人
忍不住再一次微笑

死貓

二〇一五年冬新聞報導：近兩年來，淡水河畔街貓屢遭流浪狗攻擊致死，有懷孕的母貓被咬得開腸破肚，胎兒不保。流浪狗有人餵養，但追查困難；里長杯葛「貓咪避難空橋」提案。風聲鶴唳、面臨生死存亡的貓生，最終被志工一一誘捕至三芝「諾亞方舟」庇護。

別說什麼人是最美的風景
那風景，一向由人呼風喚雨
不讓築一個窩
就跟保護你家一樣偉大

淡水夕照的海風邊
貓是人最美的風景
慢，慢，晃，過……
而一幅畫若是被捅破了

修整乾淨即可

反正只有手指一時結緣
摩挲過小巧的頭顱，牠們的
背脊上幾多粗礪，毛色
不一，與猛獸同宗

偶爾翻肚，將陽光攬在懷裡
偶爾張嘴，將陽光吞下肚裡
偶爾奔跑，陽光變形了，變成狗
咬住牠們，撕開些什麼
偶爾靈魂出竅，離開這裡。狗把牠們咬爛了
人在後頭

被流浪狗咬出來的胎兒
是貓。原本在睡

牠從肚子裡被扯出來，原本
肚子是媽媽的

月光橫在貓兒的肚腹上
既不痛，也不溫柔
過了幾晚，牠倆一起進了垃圾桶
一起到垃圾堆去，看永無止盡
流浪的星空

家是不奢求的
詛咒是不必有的
牠倆原是人最美的風景
被人先撤下了

不可逆

如果愛情是火
就由蠟燭來決定長短
流淚再多
也移借不了熱力

更何況人世是星群
誰是誰命中的星

心願一升空
就被粉碎
漫漶深情將危及宇宙
走向死亡
不免緊抱記憶

一些地圖、一些信札、一些照片
有人從我們手中抽走

最終，細菌是我們的王
我們連臉孔都失去

最後，只能拿一切來交換
暢快排便、飲食的權利
身邊的星星也差不多要滅了
我們追到白色病院，跪在火葬的風箱前
流淚喚人，且
發現自己從半截拇指
開始風化
徹底地被風化以後

或許，連陰影也沒有

渡

當中國人在花銷魚肉
過春節的時候
北美有隻虎斑貓兒，哭了三十三個小時
才從水溝裡被撈上來
牠一度，藏得非常深
黑黝黝的溝，沖走了食物。但
只要穿過幽門，忍耐被人的大手掐住……
就能眼見未來

這裡是現在與未來的路口
如果在香噴噴的暖夜裡
睡上一覺
即成永遠
有沒有人會接著走你的路？
塗寫你的願望，藉此緬懷……

我見過一座座美好樂園，在老闆死後
就關閉。（誠然，
老闆們是孤獨的）
他們用金子，為窮人買衣服、書本
木屋脊梁，甚至提供孩童的零用錢
他們時常一起用餐喝熱湯高歌一曲
每個人都笑了

然而幾十年
或者只要幾年
老闆們的意志殞落在繼承者身上
怪手冒雨出動
鏟死那些愉快地皮
卻又邪惡得優雅，與不在乎

那麼小塊地

宇宙中沒有人在乎
宇宙，也不在乎
張著黑冷的漩渦
運行到過年的這一刻

這一刻，老闆已成浮屍
水流去了……靈魂……
不知飄曰何處

在新年夜裡
只想穿著
與記憶有關的衛生衣
忘記拔出的提款卡
就讓它被含在冰冷的機器裡

散步

我時常在山坡上
步行，只要它開始了
血液裡的番茄便會甦醒
它把來自遙遠的訊息
凝結在根髓裡
我步行，搖晃、震動它
它有時會忽然漲大
時間不知究竟是誰妨礙了誰

天空降下一片雲
來呼應各人的靈感
它打上各形各狀的幻燈片
極有風度地調整光線
邊角那裡，偶爾沒遮好
光像刀片劃過眼睛
而這世界，哪能沒有傷痕

步行雖然極短
卻總是藍色的
身上插滿蓬鬆羽毛
呼呼地往下墜
風捲了起來
將現實與現實的臆想分開

我種出了番茄
又把它吃下去
廚房暗自移形換位
內臟一團深紅

似乎不是旅行
也無力清點
拖著長長的一串什麼
盲眼地開下去

師生

點了菸，他坐在裡頭
一片空曠的焦土
當他變換角度
看這世界，真不容易察覺
遠處有炊煙，也有同伴

他的性格溫馴
他是片反光板，太陽照射時
他擋光，靦腆地笑
飛塵灼熱上升
他以為是菸或別人給他的力量

他經常在外尋遊，夜半
十一點鐘，他擁有
虛擬的市鎮，地圖
在心中不斷變幻，所以

其實他也是了解變幻的

我希望他更了解夢幻。我
衝散他的列陣，強迫他
收拾他的衣服，狼狽地寫下
一紙降書。葉要落了，
買書包來上學

他有母親，孤單易感的母親
故我不贏不輸。他有臍帶
便能步行。即使他一向慣於
忘，我們也要他繼續
不能重來的日記

我們不燒毀紙條也
不搗毀廢棄的屋梁，我們亻

在窗外、門口、地板上不斷
變換著位置，擋光、受光
是我們的日常

我希望在冬日時，他將拜倒
向自己的身影，觸及
世界之白，之熄滅。埋頭進寂寂
嚐一嚐過季不回的春天
讓他想念，讓他在乎，讓他頑皮

終於對他母親說一聲：
我上學了。像放首老歌那樣
對我微笑
看我從窗外消失

師大

愛店的門口
總變換著不同的花朵，花下
總有一盆貓兒的飯食
我看著飯食的時候
貓兒便隱形

那條路上沒有人
剛好就容一個人牽他的狗
那個噴水池，恰好
就容許漣漪旋轉，在星夜

一切都在下墜，我
沒有想起誰，只有一個人
樹葉不停地擺擺手，揪集起來，
又散開來擺擺手
我喜歡插手在褲袋裡吹風走

並未經過新鑄的銅鐘，那燈
照亮了嶄新的繚亂，世代
有愛無恨的孔子
並不經過某些人

從前也沒有水池，只有
漣漪大得我抵擋不住
只有風，接住我的哭聲
它到處亂竄，只是不回家

我靠近母校的時候
正離它愈來愈遙遠
古老的街道與亮晃的櫥窗，我走
回到家的時候，它
便也回家了，在星夜

它向我的父母招手
它注視著阿公阿嬤
它用巨大的歷史包裹我的眼淚
讓沙塵和星夜散開來，
散開來，我匀匀的呼吸

那個蛹裡走出一個又一個的老師
不斷畫畫，不斷老去，終於
裡頭空了的時候，我也
不得不走出來

離開母校的時候
我已複製了老師的容貌
每當走進教室裡
那個鏡像便和我握手
使山稜陡降，谷裡的溪水匯流

瞧，他說一是一，要風得雨
他是無人星夜裡
一枚深邃的眼眸

斷念

正在寫詩的人容不下交談
容不下竹林裡突出雅致的問答
容不下周圍的人灑糖果、拆開包裝吃糖
用力把黏牙的糖心拔下來，又
在人群中轉一圈哈哈大笑

風箏線繃得就要斷裂
神的嘴形渙散，神諭稀薄
向冥府及聖山兩頭飛去
怎憑肉身去追？
愈升高，翅上的臘愈要融化

羽毛梗裡混進碎鐵屑
脹大的胃裡卻住了個鬧鐘
寫詩的人正在用玻璃心
同時複寫好幾種生態

影子和影子的影子等著被驅使

然而肅穆戳破了別人的氣球
拖行絆纏了直線的公務
寫詩的人有時不得不轉身
拿起寶劍去征服一輪
原已無所得的生命

海克力斯一旦砍下梅杜莎的頭
發亮蜷曲的靈感立刻萎縮
再不能分身，攪亂海洋與大地
當周圍的人在白日裡拿出螢光棒
詩便明白日影將要偏移

它屈身竄起，頭顱激動而
茫茫找不著蛇洞避風，終只能

擠進辦公桌的抽屜裡
眼睛扁扁的，輕輕嘆息，此生
也許就在永不下葬的棺木中，慢慢地
由尾巴開始透明

山洞

把自己放進灰暗的山洞裡
終日撫摸粗礪的岩壁
一邊摸一邊哭
一邊讚美這是最好的歸屬

山洞留有呼吸的孔道
側身的時候
風把頭髮吸了出去
對外面的世界形成幻覺

他們也想尋找我
如魅飄飛的我，多少髮絲……

而鮮少能有對眼的機會
我安靜看出去
只能框住他們肩膀與下唇

我看到踏出的步伐
每一個遲疑和激進……

每天，星辰離不開軌道
姿態，決定了他們去向
我為他們細細素描出樣子
知道誰注定會離開我

敢伸手進來的
被我溫熱手心握住
我給不了其他
山洞裡只能望見
半片雲。也能令人幸福

我看見了一對戀人
以意圖擊倒一切的力道擁抱

黃昏在他們周圍激射
影子多彩，而疲憊不堪

有時候，我鑽進
更狹小的裂縫中
忘了自己是男是女

天要黑了
傷疤看起來愈來愈深
我低頭望著雙乳
不在意是否潛藏成灰色的獸

箭簇

無法喚起你的名字
即使這麼遠
總覺得是把手
伸進了誰的皮包
掏出一顆心

狐狸似的靈性
覆蓋毛皮，覆蓋冬雪
叼著一支前生的筆
你寫住我
沙沙的，有些寫自己

被生活馴養
蝸牛緩緩泌出黏液
在紅色的教堂
觸碰聖歌，忍受

細緻的顫抖，與落花

你沒有臉孔
是晴空中的一支箭
來來去去
你的失落特別明顯
箭簇給我
留下金黃的印象

睡時，遂感覺風
翻閱我金黃的眼瞼
我的心事
席捲你的流浪，並且
成為暴徒，越過窗戶
的一隻腳

和你同時
看見一棵高瘦的老樹
虔誠地走進樹蔭
任黃金箭簇劃過
死亡的快意
風也無力偏向

入冬

波瑟芬要走進冥府了
一年之中最哀傷的季節
葉脈乾枯
心凝成一把劍

血液半凍成雪
讓夢濃重而清晰
來不及追逐什麼了
圍籬勉強抵住害怕的事

上妝時，身體像石塊
臉皮沉靜得發亮
塗上紅暈，像飛向回憶
化身小仙女攔計程車

傍晚痲油香菇燉雞湯

油膩而燥熱的廚房
不屬於異鄉人
繼續外食拿鐵珍珠

突然接到來信
虔誠測量彼此的距離
彷彿擁擠書堆中
多情的昨日

我從不立志成為大樹
只作被踩碎的落葉
我願為你心痛
但此刻眼皮浮腫

櫻花將緩緩爆開
身邊有人輕舞

我們都輕易地拒絕了
神話般告別

畢竟在人間
在河流從不結冰的台北
只有心在下雪
雪後收走所有的落花

諾

我最信賴的學士
背著破皮袋
從沒人給他戴上
學城的項鍊

他的眼裡布滿古書
透亮的星光
他的聲音柔和
像雲擰出的雨水

他坐在桌上
像跋扈巨人的縮影
「時間像大河，而我們
改變河道……」

當我走近他

雅典娜恩賜的橄欖樹
他吞下我的陰影
張開陽光碎片

毛線一樣紛亂
而有唯一的開端
鐵軌一般冷硬
終能到達遠方

我們長出了臍帶
作彼此的媽媽
當橄欖擠出灰綠的油脂
我也匍匐生根……

他是圈住雨滴的石頭
是決不受控的颶風

我待在中心
可以盡情哭泣

他是密室裡的符碼
是濛濛的鷹眼
我的笑在裡頭
延展天空

跋——情采與屍身

我的現代詩信仰啟蒙於大學時的一場慘戀。

為什麼會慘，其實還是個性使然。別人把戀愛當成生活中的呼吸，此處不好，移轉他處就是了。縱使不盡人意，擦乾淚水，還是能重新拾起幸福。我太癡迷，將戀愛視為婚姻的起點，無比慎重，不能輕易出手。醞釀了三年，才緩緩接近那個人，每一步都是上下踩踏板，糾結過甚，一副神秘俠客樣。剛開始對方陶醉於我如夢眼神，隨即意識到：這是一道精心修飾的鎖鍊。愛情怎堪落入牢籠？它是圓不是方，應該讓戀人繞著它飛舞歡笑，我做不到。於是逐漸接收到他離去的訊息，逐漸扣住自己。

為了確認是否曾經和那人對焦，我開始讀詩。難道我是白活一場？黢黑的愛情正在微微發酸。那樣敏銳，卻成對方的針氈，該憑藉什麼要求共鳴？

我每天隨帶一本詩集在車廂裡讀，周圍光影湧動，我在水簾洞裡坐聽回音：「時日曠廢。夜晚迅速落向我／推倒我于一床破敗的夢中。」[1]「觸摸你的思想／鮮血和黃金交疊的線條／我像一個強行靠近太陽的凡人」[2]「風暴終於沒有成型，曳尾／跌撞入大海。失約的天使／看我茶几上一封潦草寫完的信／隔行都是感慨」[3]。那股優雅凝練的浪花，彩色世界的剪影，令我讀得目眩、痛苦，而昇華。詩是一條完整的海岸線，在上上下下地起伏，詩人是船隻，是海神，是最黑暗邊緣突起的黎明點點，真身陡現，旋即溺死。

那是命運閃神，對我露出的半張臉嗎？

---

1 楊澤，《人生不值得活的》（元尊文化，一九九七，初版一刷）。
2 楊佳嫻，《屏息的文明》（木馬文化，二〇〇三，初版）。
3 楊牧，《時光命題》（洪範，二〇〇〇，初版三刷）。

我經常用顫抖的指節小心翻閱詩集，因為我正在大規模地換血。幾乎在第一時間，就認可了一種墨色濃重的溺情風格，及諸多跳接突刺的瞬間，一種古典序列與掙脫意志，時常有曲線在和我的心跳同步。

想，讀詩已經是這麼激動的一件事，所以後來我寫詩，也往往是如此受到鞭笞。

因為對我來說，詩歌不能是嬉戲，甚至也不能等同於技藝，而是見證者的聲音。有時將睡，卻因感覺到瑣細的脈流，被回憶打了一巴掌，只好坐起來寫。它就擋在我和回憶之間，讓事件半露半顯，從虛無被裝進容器。我負責發出有效的訊息上太空，負責節制夢境與淚水。好像充滿了痛苦，因為那是一顆一顆落下的，珍貴的日子。我甚至常想，讀者根本可以從詩裡，窺見我的關注比例，「『我們希望被最計較的人注意——／但這種稀有的事／只可能發生在愛情裡。』」[4] 原來那些，全都是愛情嗎？我的耽愛本質，從來沒有改變？

寶貝我的親人在幽冥的漩渦裡，朋友的背叛如脆裂的花瓶。貓兒睡成奔馬，醒時我們認真地注視，牠亦有自己的意志與愛好……。生活中充滿神祇，每個個體都有其軌道，彼此交錯紛離，我時常緩緩地靠近他人性命，扎針下去，大規模地換血。想讓遠方的他，看見我眼前的櫻花，想讓更多的人領略步履底下塵沙交疊，落葉斜斜地飛向夕陽，既美而壯。當生活翻頁，月亮也可以轉出光明的半張臉。

詩人至少不能溺死自己，即便胸腔有嗚咽的海洋，還是付錢進了夏日泳池，蜻蜓小飛機升空，壁虎在磚角暗處扭扭。兩層浮力的對抗與偕張，或許有助於孵出更美的物事吧？

4 羅智成，《寶寶之書》（聯合文學，二〇一七，初版四刷）。

國家圖書館出版品預行編目資料

看見你的眼裡有蜂蜜 / 卓純華作 .
-- 初版 . -- 臺北市 : 聯合文學, 2018.2
208 面 ;14.8×21 公分 . --（聯合文叢 ; 622）

ISBN 978-986-323-243-8 (平裝)

851.486　　106024793

聯合文叢 622

看見你的眼裡有蜂蜜

作　　者／卓純華
發 行 人／張寶琴

總 編 輯／李進文
主　　編／張召儀
責任編輯／陳雅玲
封面設計／大梨設計事務所
資深美編／戴榮芝
業務部總經理／李文吉
行銷企畫／許家瑋
發行助理／簡聖峰
財 務 部／趙玉瑩　韋秀英
人事行政組／李懷瑩
版權管理／張召儀

法律顧問／理律法律事務所
陳長文律師、蔣大中律師

出 版 者／聯合文學出版社股份有限公司
地　　址／(110)臺北市基隆路一段 178 號 10 樓
電　　話／(02)27666759 轉 5107
傳　　真／(02)27567914
郵撥帳號／ 17623526 聯合文學出版社股份有限公司
登 記 證／行政院新聞局局版臺業字第 6109 號
網　　址／http://unitas.udngroup.com.tw
E-mail:unitas@udngroup.com.tw

印 刷 廠／沐春行銷創意有限公司
總 經 銷／聯合發行股份有限公司
地　　址／(231)新北市新店區寶橋路235巷6弄6號2樓
電　　話／(02)29178022

出版日期／ 2018年2月　　初版
定　　價／ 340 元

本書榮獲周夢蝶詩獎學會第一屆周夢蝶詩獎

ISBN 978-986-323-243-8（平裝）

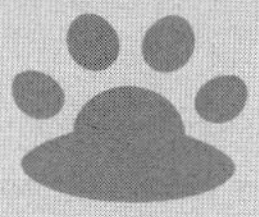